CATALOGUE

D'UNE COLLECTION [Beurdeley]

D'OBJETS D'ART

ET DE CURIOSITÉ

Très-Belles

TAPISSERIES ANCIENNES

Chaises, Fauteuils italiens, Meubles divers, Armes, Bas-Reliefs
en bronze et marbre;

MINIATURES, ÉMAUX

JOLIES TABATIÈRES & BONBONNIÈRES

DES ÉPOQUES LOUIS XV ET LOUIS XVI

ÉVENTAILS, BIJOUTERIE ANCIENNE, OBJETS DIVERS

dont la vente aux enchères publiques aura lieu

HOTEL DROUOT

SALLE N° 3

Les Vendredi 16 & Samedi 17 Mars 1866, à 2 heures.

Par le ministère de Me ESCRIBE, Commissaire-Priseur,
rue Saint-Honoré, 217,

Assisté de M. ARONDEL, Expert, rue de Choiseul, 16,

Chez lesquels se distribue la Catalogue.

EXPOSITION PUBLIQUE

Le Jeudi 15 Mars 1866, de une heure à cinq heures.

PARIS — 1866

RENOU ET MAULDE

IMPRIMEURS DE LA COMPAGNIE DES COMMISSAIRES-PRISEURS

Rue de Rivoli, 144.

CATALOGUE

D'UNE COLLECTION

D'OBJETS D'ART

ET DE CURIOSITÉ

Très-Belles

TAPISSERIES ANCIENNES

Chaises, Fauteuils italiens, Meubles divers, Armes, Bas-Reliefs
en bronze et marbre ;

MINIATURES, ÉMAUX

JOLIES TABATIÈRES & BONBONNIÈRES

DES ÉPOQUES LOUIS XV ET LOUIS XVI

ÉVENTAILS, BIJOUTERIE ANCIENNE, OBJETS DIVERS

dont la vente aux enchères publiques aura lieu

HOTEL DROUOT

SALLE N° 3

Les Vendredi 16 & Samedi 17 Mars 1866, à 2 heures.

Par le ministère de Mᵉ **ESCRIBE**, Commissaire-Priseur,
rue Saint-Honoré, 217,

Assisté de **M. ARONDEL**, Expert, rue de Choiseul, 16,

Chez lesquels se distribue la Catalogue.

EXPOSITION PUBLIQUE

Le Jeudi 15 Mars 1866, de une heure à cinq heures.

PARIS — 1866

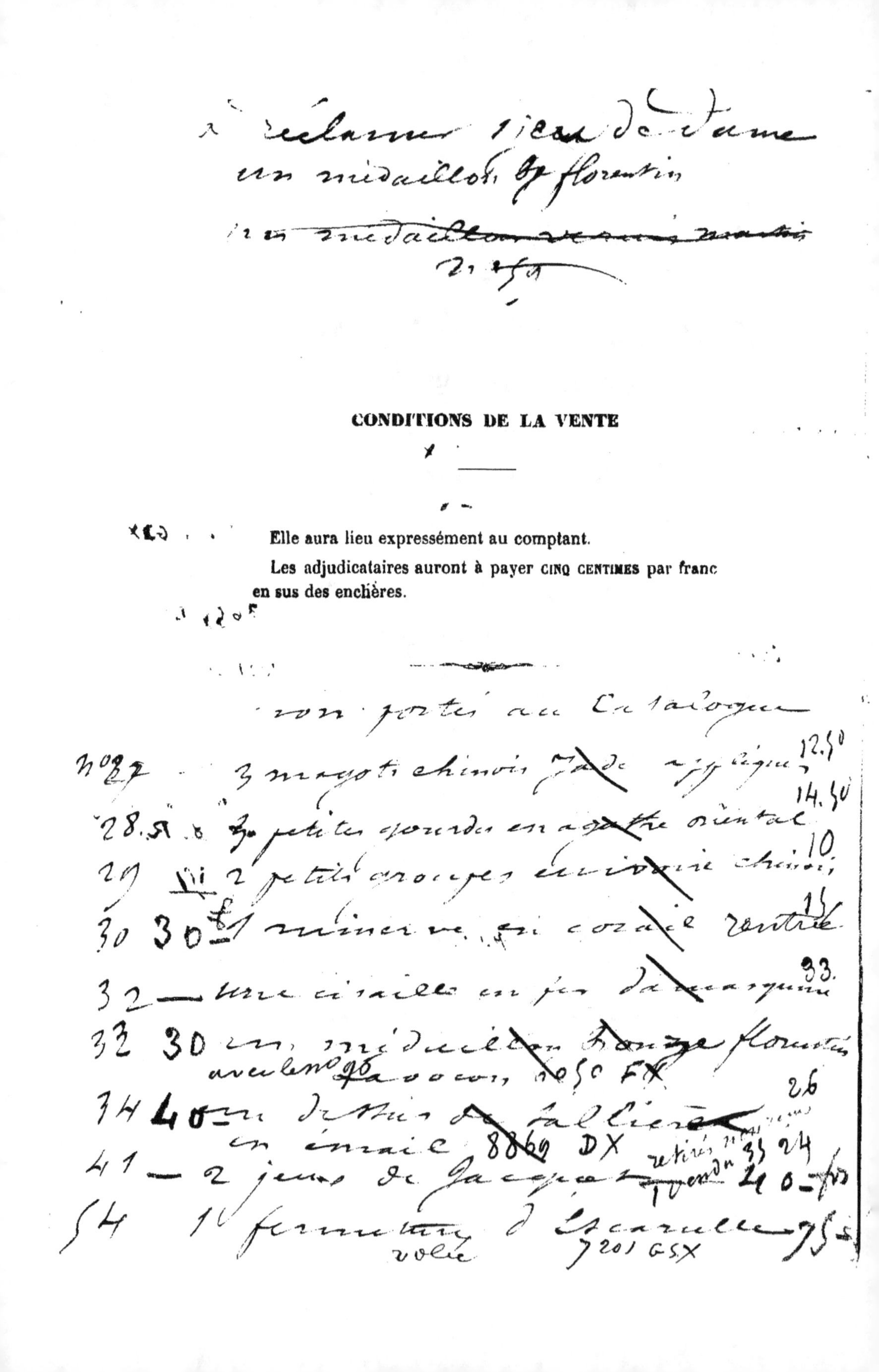

CONDITIONS DE LA VENTE

Elle aura lieu expressément au comptant.

Les adjudicataires auront à payer CINQ CENTIMES par franc
en sus des enchères.

DÉSIGNATION

Miniatures et Tabatières.

1 — Portrait de Marie-Thérèse, riche costume du temps de Louis XV.

2 — Portrait de femme du temps de Louis XIV, riche costume.

3 — Un charmant portrait de femme par Mme Vigé-Lebrun.

4 — Un portrait de femme Louis XIII, costume noir avec fraise blanche.

5 — Joli portrait de jeune fille attribué à Fragonard.

6 — Belle miniature, portrait de jeune femme attribué à Angelina Kauffmann ; au bas un monogramme.

7 — Belle miniature sur ivoire : tête de jeune fille, signée J. B. Greuze, 1791.

8 — Portrait du duc de Wellington, signé d'un monogramme et daté 1816.

9 — Une miniature gouachée : Mme Élisabeth de France.

10 — Charmant portrait de jeune femme, signé Saint.

11 — Charmante miniature : Mlle Deshoulières en costume pastoral.

12 — Un médaillon rond en vernis Martin, sujet : Enlèvement d'Europe.

13 — Médaillon sur or : jeune fille du temps de Louis XV.

14 — Portrait de Henri IV, miniature.

15 — Id. de Sully.

16 — Portrait de Ninon de Lenclos, par Mlle Charrin

17 — Id. de Mme de Montespan, par Lambert.

18 — Id. de femme poudrée, bordure en cuivre doré

19 — Id. de Mlle Mars, monture en cuivre émaillé.

20 — Deux petites miniatures ovales, genre Boucher.

21 — Portrait du grand Frédéric, monté en cuivre doré.

22 — Sujet gouaché par Savignac : vue d'un Château

23 — Miniature : portrait de l'Impératrice Eugénie, par Fiocchi.

24 — Un cadre mosaïque contenant deux portraits.

25 — Un cadre en cuivre contenant deux miniatures chinoises.

26 — Une belle boîte ronde, fond orange, bande d'or en vernis Martin, ornée d'un médaillon par Boucher, d'une finesse remarquable. Cette boîte est galonnée et montée en or de l'époque de Louis XV.

27 — Boîte ronde en écaille, nacre et or, avec miniature : portrait de jeune femme poudrée.

28 — Charmante boîte carré long en vernis Martin, fond rouge avec ornements de différents ors.

29 — Boîte plate, écaille blonde piquée d'or.

30 — Petite tabatière de forme rectangulaire en or guilloché, ornée d'un sujet gouaché par Van Blaremberghe.

31 — Tabatière de forme carrée en or émaillé vert recouverte d'ornements.

32 — Bonbonnière ronde en cristal de roche, monture argent doré.

33 — Dessus de boîte en émail de vieux Saxe, fond or, sujet pastoral.

34 — Boîte vieux laque aventuriné, forme cœur, les ornements en relief.

35 — Un œuf en belle écaille de l'Inde, les ornements en or posé.

36 — Cinq dessus de boîte en écaille piquée d'or, forme ronde.

37 — Quatre dessus de boîte ovale en écaille piqué d'or.

38 — Quatre grandes plaques écaille, sujet piqué d'or et nacre.

39 — Une garniture de boîte complète en écaille posée d'or.

40 — Autre garniture complète id. : animaux.

41 — Un étui en vernis Martin, fond d'or avec fleurs.

42 — Boîte à mouche en écaille montée en or.

43 — Carnet de visite en ivoire monté en or.

44 — Miniature par de Gault, sur albâtre oriental, cadre en cuivre doré.

Émaux, Éventails et Divers.

45 — Un émail de forme contournée, sujet d'après Téniers. monture en or ciselé.

46 — Émail ovale grisaille : sujet grec.

47 — Émail ovale grisaille : sujet de danse.

48 — Émail ovale : portrait de Mme Elisabeth.

49 — Émail ovale : portrait de femme.

50 — Deux émaux de forme ronde : Cléopâtre et Diane.

51 — Émail rond : la Main chaude.

52 — Émail sujet de sainteté, époque Louis XIII.

53 — Émail ovale sur or : portrait de Charlemagne.

54 — Petit médaillon rond en porcelaine, sujet d'après Téniers.

55 — Bouquin en corail.

56 — Montre en argent Louis XIV, émail à l'intérieur.

57 — Pomme de canne en argent repoussé.

58 — Broche en or, ornée d'un émail époque Louis XV.

59 — Étui en vernis Martin.

60 — Deux cadres en filigranes d'argent.

61 — Un médaillon camée coquille du XVIe siècle, d'une finesse de travail remarquable.

62 — Un charmant médaillon du XVIe siècle, avec sujet de chasse en or émaillé, entouré de perles fines ; il y a une légende en vieux français.

63 — Un étui en porcelaine vieux Saxe, monture en or avec garniture en ivoire sculpté.

64 — Un éventail en vernis Martin, sujet Louis XV.

65 — Camée gravé en intaille : deux Amours.

66 — Petit sablier en verre de Venise, orné de colonnettes en filigranne et peinture sur verre.

67 — Un coffre à ouvrage en bois de Sandal.

68 — Un bel éventail riche monture : sujet pastoral.

69 — Deux autres éventails dont un avec le papier-monnaie de la République.

70 — Un couvert en argent niellé.

71 — Un sabot en argent niellé.

72 — Une gouache de Moreau : paysage.

73 — Un émail de Laudin : Christ.

74 — Une cassolette carrée, cloisonnée de Chine.

75 — Cinquante dessins sur papier de Chine.

Fers, Bronzes et Marbres.

76 — Un casque.

77 — Une arquebuse à rouet gravée.

78 — Une épée coquille à jour.

79 — Deux grandes épées du XVIᵉ siècle.

80 — Un glaive.

81 — Un fer de hallebarde.

82 — Un sabre oriental, bossette et bout en acier.

83 — Sabre oriental, garniture argentée.

84 — Couteau de chasse poignée en acier à jour.

85 — Épée de fantaisie, garniture argentée.

86 — Un briquet en forme de pistolet.

87 — Une plaque en cuivre repoussé : sujet d'après Boucher.

88 — Plaque bronze florentin ; sujet : un cerf ; daté 1563.

89 — Une plaque en bronze repoussé Henri II.

90 — Baiser de paix : le Christ.

91 — Médaille en bronze, représentant une fontaine.

92 — Un repoussé de cuivre : Diane de Poitiers.

93 — Belle médaille pisane.

94 — Une boîte de miroir en cuivre gravé : Henri II.

95 — Un manche et une dague en fer ciselé.

96 — Petit bas-relief : Sacrifice.

97 — Portrait de Luther.

98 — Un lot de plaques en cristal de roche.

99 — Dix glaces de Venise gravées. Sera divisé.

100   Un bas-relief en porcelaine de Capo di Monti. 

101 — Un portrait Agnès Sorel, bas-relief en marbre.

102 — Un bas-relief : allégorie du Mariage, en pierre litho-
graphique.

103 — Une chimère en jade.

104 — Statuette de moine. marbre du XVIe siècle.

105 — Deux têtes d'anges en marbre.,

106 — Un vitrail carré.

107 — Quatre magnifiques tapisseries représentant des sujets
bibliques entourées de bordures d'une grande beauté et
d'une parfaite conservation.

108 — Grande tapisserie représentant Hercule, bordure de
fruits et de têtes de lions d'une grande beauté.

109 — Une tapisserie Jugement : de Salomon.

110 — Deux tapisseries : sujets de marine.

111 — Huit fauteuils italiens en bois sculpté et doré, recou-
verts de velours rouge, brodé d'ornements jaunes en
relief bordés d'or.

112 — Six chaises pareilles au fauteuil.

113 — Sous ce numéro une grande quantité de meubles et
divers, que le temps ne nous a pas permis de catalo-
guer.

RENOU et MAULDE, imprimeurs de la Compagnie des Commissaires-Priseurs,
rue de Rivoli, 114.　　50331